大地之马

DADI ZHI MA

唐　力◎著

江西高校出版社
JIANGXI UNIVERSITIES AND COLLEGES PRESS

图书在版编目（CIP）数据

大地之马 / 唐力著. --南昌 ： 江西高校出版社，2021.12

ISBN 978-7-5762-1047-7

Ⅰ.①大… Ⅱ.①唐… Ⅲ.①诗集-中国-当代 Ⅳ.①I227

中国版本图书馆 CIP 数据核字（2021）第 270776 号

出版发行	江西高校出版社
社　　址	江西省南昌市洪都北大道 96 号
总编室电话	（0791）88504319
销售电话	（0791）88522516
网　　址	www.juacp.com
印　　刷	成都勤德印务有限公司
销　　售	全国新华书店
开　　本	880mm×1230mm　1/32
印　　张	6
字　　数	100 千字
版　　次	2021 年 12 月第 1 版
	2021 年 12 月第 1 次印刷
书　　号	ISBN 978-7-5762-1047-7
定　　价	50.00 元

赣版权登字－07－2021－1609

与白纸的对话

（代序）

1

一个写作者，坐在桌前，在傍晚的时分，他面对一张白纸。

当他写作的时候，我不知道他是否面对心灵？但最为真切的、实实在在的，他面对一张白纸，他将展开一场旷日持久的与白纸的对话。

就如他将与一个内在的我对话。

或者说，他将与另一个、看不见的、虚设的、潜在的灵魂对话。

有时，在虚空中，他面对的是一大群的灵魂。他说话，对一大群灵魂说话。

稿纸，是洁白的。在黑夜和白昼的间隔，白纸有一种暧昧的身份：它属于白昼又属于黑夜。仿佛将纸捅破，写作者就由白昼进入黑夜之中。反过来，身在黑夜的写作者，他将借此纸张回来，回到白昼中，回到光明之中。

就如古老的符咒，题写在纸张上，最终，黑暗的灵魂显现，张口说话。

写作，就是让黑暗中的灵魂说话。

但，有没有在写作中，一去不回者？或者纸张被他用尽，他再也找不回一页纸回来？

2

白纸，是白昼的另一种形式，或者是白昼的延续、延伸。

只不过是细微的白昼。

是一种比命还薄的白昼。

灯光，头上的灯光，是太阳的延续，同样是微小的太阳。

它也在延伸光明。

我们的笔，它也是我们手指的延伸。

它更尖锐。我们不能用手指书写，它代替我们书写。

尼采说：“一切文学，余爱以血书者。”他又说：“用血写：然后你将体会到，血便是精义。”

最初的时候，我们咬破手指，用血书写，血渗在了羊皮、牛皮、竹简、木块、石头的深处。

我们经常在小说和影视中看到这样的情节：临死者咬破手指，写下最后的、最重要的言辞——

给未来的世界，给未来的人。

一个真正的写作者：每一次书写他都应有咬破手指书写的决绝，一种直面世界的决绝和勇气。

他必须写下火焰与雷霆的言辞。

但更多的书写者，却拒绝咬破手指。

笔是我们另外的指头。

它流淌着另一种血液：蓝色的血液，黑色的血液。

当然，它可能流淌的就是水，与写作者的血液无关。

它就会消失在纸张中。

3

有些纸张有一些小格。这是汉语写作者的纸张。

每一个小格都是空无的，等待着我们填写。

但也许每一个小格都住着一个细小的灵魂，等待我们唤醒。

所以我们要保持虔敬，对纸张的虔敬，对文字的虔敬，对过往灵魂的虔敬。

每一小格又都像一张嘴，它面对写作者，或者它通过写作者，向世界发声。

一个写作者，他不得不面对纸张（屏幕，是另一种纸张，是纸张的替代者，一种有些虚幻的纸张）。而最麻烦的是，这些纸张，无数张嘴，无数个灵魂，突然开口说话，就如在但丁的《神曲》中，在恍惚中，在火焰中，说话的灵魂：

写作为何？为何写作？

一个写作者，他可能不会正视自己，但他面对纸张，他不得不正视这些逼问的灵魂，因为，它可能是千百年来，无数的写作者——

集体的疑问。

目　录

第二辑　岩石之眼

第三辑 大地之马

第四辑　时间之渊

第五辑　词语之夜

第六辑 生活之灯

第一辑

落日之镜

峡谷落日

所有的辉煌都在集合
所有的色彩都在沉积

所有闪光的碎片，都是灵魂的羽翼
让人羞于认领
——峡谷吞下落日
像吞下一个伟大的词语

整个峡谷，充满光辉

葡　萄

在园子里的葡萄架下
枝叶交叠之中
在众多的葡萄之中
我看到唯一的那颗葡萄，紫色的绝望
沾满了晶莹欲滴的露水，清晨的露水

虫　鸣

天还没有放明，大雨还在继续
虫子拖着长长的声音
吆吆鸣叫，仿佛是一把无形的、痛苦的锯子
反复地切割着雨丝。雨丝断而复连
无言地缝合着虚空的事物
虫鸣悠长、执着
我不知道它的鸣叫，是悲，是喜

傍　晚

傍晚，我们坐着一辆车子
从乡下回来
两旁的田野，开满了灿烂的
油菜花，有如希望的黄金，铺满一地

车子的后面，拖着一股长长的泥灰
模糊而混沌，有如生活本身

鸟　鸣

鸟鸣叫醒了我的窗户
线条、边框、方格，内在的秩序醒来
窗花激动，养育自身的美
光线透窗而入
世界历历在目。房间里，梦、爱与宁静
全都浮动在明净的空间里

当一人

当一人在地狱里沉沦
他需要的，不是天堂壮丽的幻景
在眼睛中展开
而是拯救的绳索，哪怕是一根细细的
蛛丝，垂落在他的手中

青青草

青青的草啊
我的心如石盘

清清的井水啊
白白流淌

落　日

落日，一头衰老的狮子
从平原上踱步而来
印在沙地上的步履
柔软、轻浮，早已失去了往日的力度
热量，也在它虚弱的身子里
渐渐消散
只有黑暗，像老年的气息，逐渐弥漫在空气中
摇晃的草尖之上
它垂下头颅，它的鬃毛
披散成晚霞
它渴，它低着头
饮着长长的地平线，它啜饮着
——那延伸到无穷远处的，无尽的虚空

落　叶

我是一个垂暮之人
坐在公园里，拄着遗忘的拐杖
我已不知来路，也不知去路
我叹息
我的叹息是落叶
无数落叶，每一片都是故乡
但我回不到故乡，回不到一片落叶里
甚至回不到一声叹息里

但　丁

但丁突然来到地狱里
所有的人：傲慢者、嫉妒者、愤怒者
怠惰者、贪财者、贪食者、贪色者、阿谀者
离间者、伪造者、谋杀者、背叛者……
全都投掷他，以黑风、以冰雹、以石头
以火焰、以沸油、以泪水
他们以为：砸死但丁
他们身上的罪恶与惩罚，都将消失

镜子的裂缝

一张呈现在镜子里的脸，光洁、明亮
唯有那镜子的裂缝
泄露出他那难以言传、无以名状的悲哀

你看如何

把一匹马养在高跟鞋里，你看如何
把恶养在一把斧子里，或者
相反，把斧子养在恶里，你看如何
把痛苦养在伤口里，你看如何
把生的啼哭养在带血的脐带里，你看如何
天，天啊，把天养在空空的空里，你看如何
把时间养在皱纹的栅栏里，你看如何
把死亡养在墓碑里，你看如何
把墓碑养在身体里，一生跟随
永不相离，你看如何
把泪养在眼里，把失明的大海
养在黎明的眼眶里，你看如何

自我审判

他让呼噜声一圈一圈地捆住自己
赤裸地
呈现在这个世界，庄严的台灯面前

旧　雪

一堆旧雪，躺在墙根下
一个旧时光的孤证。无言、消瘦
不断缩小。它在抗争中，一点点地
失去自己。而今它
退守一隅，浑身打满补丁
就像我们的灵魂，早已千疮百孔

霸王岭之夜

夜色涌起，从幽暗而深邃的山谷中涌起
从世界的边缘，从边缘的边缘，从沉默中涌起
我不前行，也不后退
我不惊诧，也不欢喜
我的身体慢慢地，与它们融合在一起

在这里，我要与隐秘的黑暗
安静地待上一会儿

林中空地

我步入一座森林中的空地
高大的树木，枝叶交映，形成一个
弧形的穹顶，一个自在的宇宙
光与影在头顶交错
斑驳陆离
像迷梦之中的迷梦
相中之相。空明在凝聚
我孤身一人，无人与我相伴
野兽也失去了踪迹
道路在我的身后消失
倒伏的杂草，稀稀疏疏，像一些
欲言又止的词语。四周
杂拉着矮小的灌木，它们是一些
侏儒，隐藏着时间的秘密
一切都在静止
只有高树上的鸟鸣
让这块空地，生动了不少
阳光从树梢上洒下
鸟鸣、光斑，相互混杂
我分不清，哪是光斑，哪是鸟鸣
我置身其中，不辨所以

敬亭山小坐

我只想陪这些草木坐一会儿
草木摇曳，入我之心

我只想陪这些暮色坐一会儿
暮色点染，涂抹我衣

我只想陪这些石头坐一会儿
石头谈心，印入我身

我只想陪这些流水坐一会儿
流水如洗，涤我俗尘

我只想陪这些鸟儿坐一会儿
鸟儿突飞，赠我空无

我只想陪李白的诗歌坐一会儿
词语渊默，遗我巨雷

——哦，世界
我只想陪孤寂小坐一会儿

孤寂如我，相看两忘——

与书同眠

与书同眠，我有着深深的恐惧
书本会不会在黑暗中
打开我的身体
把那些无用的文字，塞在我的骨缝里？

像磷火，在幽暗之中闪着寒光

白菜之心

一颗素洁的心
一颗带露之心
一颗层层包裹，心中之心

我拿着它，惴惴不安
不敢放下——

我要把这颗心
安放在谁的胸膛？

一只鸟要把它的死，藏在哪儿呢

一只鸟，要把它的死
藏在哪儿呢？

藏在一棵大树里？
而大树已从森林里走失

藏在鸟窝里？
而鸟窝已在雨水中腐烂

藏在闪电里？
而闪电的骨头已经灭失

藏在雷霆里？
而雷霆已做了声音的坟墓

藏在肮脏的狗嘴里？
而狗嘴里已塞满了羽毛和象牙

藏在无名的黑暗里？
而黑暗已在黎明里渐渐消散

藏在光线里？
而光线明亮得身无遁处

在渺渺的天空里
在滔滔的大河之上

一只鸟衔着
它的死亡在飞

它慌乱、凄惶
走投无路

它要将它的死藏在哪儿呢

故　乡

我向一百座山峰高喊
却有一百零一座山峰回答

我与十个人喝酒
却有十一个人共同举杯

我向二十个亲人问候
却有二十一个亲人向我招手

我在三十条河流中洗脸
却有三十一条河流映出我的面孔

我向四十间老屋拜访
却有四十一间房屋向我打开房门

我双眼流泪
却流出四行冰冷的泪水

——哦，那是我的灵魂
另一个我，一直生活在那儿

雁荡山听雨

一夜的秋雨淅沥，有几粒
落在雁翅上，成为远方
一个陌生人的书中，经久的泪滴
在黑漆漆的屋檐下，有几粒
成为迷蒙的灯火，闪烁着
迷茫的光；有几粒
放大为夜行货车的轮子
飞速旋转，仿佛不可抑止的内心
滚滚向前；在今夜，有几粒
被风挟持，远走他乡；有几粒
渗入喉咙，稀释为夜晚
模糊不清的声音；有几粒
被我的身体碾压，成为
薄薄的睡眠；有几粒
租借给了梦幻，梦幻就有了
中年的唏嘘。一夜的秋雨落尽……

清晨，在雁荡山下
我从梦中醒来，听到窗外
一树的清亮的雨滴，霍然鸣叫——

第二辑

岩石之眼

夜 航

我们的船在夜色中航行
左岸迷离的灯火，装饰了谁的睡眠
一幢又一幢的高楼，一格一格的灯火——
那些闪亮的抽屉
贮存着谁发光的灵魂？

啊，这暗夜的宝石
需要小心看护，它将照亮
群星的沉默和
我们的命运

灯火的交谈

岸上的灯火，它们在交谈
它们在讨论什么？

我们的船，撕开河流的沉默
波浪翻滚如话语
露出时间小小的间隙

灯火插话进来——光线中掺进了斑斓的梦想

细　雨

我们的船航行在夜色的表面
在强烈的光柱下——

细雨淅沥，水滴在空中闪烁
像细碎的灵魂飞舞

我的灵魂也想加入它们，但我已经
丢失了闪光的羽毛

热　爱

满载着一船的歌声与笑声
走进夜晚之深
酒瓶已经醉得东倒西歪
我们在讨论爱情时我们在讨论什么？
仿佛我们已经不配拥有悲伤

侧身向船外看去
岸上的灯火与水下的灯火，连成一片
真实与虚幻混为一体
如同我们的人生

呵，大地灿如天堂——

我要准备足够多的热情，将它们细细热爱

荷　花

我看到它们
我看到一朵荷花，就是无数的荷花
无数的荷花
不断叠加，成为内心唯一的荷花
我看到的这一朵荷花，也是另外的一朵荷花
它是此时的花，也是彼时的花
它们相互模拟
互为彼此
它是自身，也非自身
它们通过复制，相互混淆
也许在你眨眼的瞬间，它们已经
交换了彼此的面孔

是啊，我看到的是，纯洁繁衍纯洁
美创造了美。世界还原了世界

荷 露

对晨光以圣洁一触的是荷叶上的露珠
对灵魂以悄然一瞥的是荷叶上的露珠
对生活以神圣一吻的是荷叶上的露珠
它在滚动
在晨光的边缘滚动
在灵魂幽暗的边缘滚动
在生活驳杂的边缘滚动
最终，它回到了荷叶的中心
回到了寂静的中心

太白莲

你在那里，筑水而居
白衣如雪——
那亘古的白银，不会在时间里消融
也许你来自唐朝，来自那一声不羁的啸傲
来自那低声的吟哦
来自那花间独酌的月光
来自孤寂，来自不加雕饰的词语
来自难以醒来的沉醉
来自亿万空间都无法消尽的万古愁

长久的沉默，寂静的水，一阵神圣的涟漪
我和你相对
也许我们中间，隔着一个李白

睡　莲

我来时，你已经沉入深深的睡眠
黄色的睡眠、红色的睡眠
蓝色的睡眠、白色的睡眠
睡眠的中心
包裹着一团寂静
包裹着月亮、梦幻、遥远的回忆
你以荷塘为屋。圆叶如币，叠叠铺开——
那是你青色的床
哦，你站立着睡觉，以星光为枕——
你的梦肯定是圆柱形的
渗入了星月的斑斓
我来到这里，想拥有你同样的睡眠
想拥有你内心的宁静
与安详
但我必须洗净肉体的尘埃

声　音

我听到声音
在岩石的眼眶里

轻灵如烟，刚刚还衔在神的眼角
甘美如果实，在心灵的贡桌

浑圆如落日，刚刚走下天空的阶梯

雨后之笋

声音孕育声音
声音在生长，发芽
从泥地里
嘟噜向外冒

远处：雨后的笋子，在沉默中破土而出
每一株都还未长大，但

——它带来最初的善念和最后的审视

岩石中的殿堂

岩石中的殿堂
声音的殿堂，雨点和风的殿堂

磕头的长者直起身
身体里，滚落一地清澈的声音

四个端坐的人

四个端坐的人：
四株菩提
——白的、黄的、灰的、黑的

四张嘴唇：共同铸造一棵声音之树
在旋转中上升

那　人

经声如瀑：高挂岩前

庙外站着的那人，他有一颗等待淋湿的灵魂

雨　滴

石阶上
两滴雨水，像两个光头的小沙弥

牵着手
蹦跳着，一路小跑下去——
人间

有 人

有人举起蚂蚁的手臂，搬运重于大象的欲望
有人去大海里取火，一趟趟无功而返
有人在空中遗失自己的身体
有人竹篮打水，用一生搬运空无

只有四位念诵的人，不为所动
用袅绕的旋转的声音，搬运空中的神灵

水里月

水里有月，风里有烟
伤口中有痛苦和盐，生活中有一团乱麻
雨珠里有泪珠，竹子里有孤独

我和他站立着，像两句偈语

歌 唱

穿过木鱼，拆散声音，让其浮于大千之中
穿过卷帙，拆散文字，让其化于微毫之中
四个人歌唱：
声音非声，吟诵非吟
一种气息，一种另外的无处不在的呼吸
在心灵的交叉处，留下神圣的空白

聆听者垂手而立
——声音，在耳朵里建筑寺庙

雨　滴

沉默如涌，幻梦如风

远处：几滴雨水像几个虔诚的香客
跪于尘埃

短　歌

一匹狮子，头拴朝霞的围巾
过海而来

而一位农夫，刚好在溪边洗脚

此时大地起身——

天空回到天空，尘世归于尘世

抵 达

我在夜晚抵达这座寺庙

它高大，威严，如同尊者。多少年来
它一直在群山之中
独自漫步
去溪流中，掬一捧净水，洗涤它耳朵里的钟声
去山林里，摘一缕松风，洗涤它眼睛中的烟火
但我们，始终觉察不到它的移动

我在夜晚，见证了它的奇迹
而我的灵魂，还在半路上

山 中

一天傍晚，我和我的肉体来到山中
而我的灵魂迟了一步
于是我看到了：
在黑暗中，群山领着一个空空的肉体
像领着一个被遗弃的孩子
在大地上漫游

山　寺

铃声：摇摆着坚定
松风：圣歌的松弛

这时我看见它，古老的屋瓦，如鱼鳞
在整齐的声音里，幻化为暮晚的云层

山 月

屋檐高挂，对应天空的月亮
对应月亮中的月亮，仿佛幻觉中的幻觉——

时不时地，鸟儿在
旁边的树林里鸣叫，古老而忧郁

寂　静

我的眼眸里，一弯闪电
凝止为白色的寂静

大寂静啊——那是黎明允诺的白雪

对　话

我看到他：
一个石匠，头发里是灰
是时间燃烧之后的残余。破损的衣服里是灰
是世界毁坏之后的粉末。心灵是灰
是沉默的掩护：沉默是灰
他在这座废弃的寺庙里挑选石头，就如同
挑选词语。他在手掌里掂了掂
仿佛在感受它的镇静——
用它来重建一座殿堂，是否能够？
他用黝黑的錾子、坚实的铁锤敲打着它
叮当、叮当——那是石与铁的对话
内在的对话，在
停顿间隙，充满了无穷的意义

啊，一个石匠单刀直入
直趋我内心的大门
一转身，他就成为面容端庄的佛

云 中

漫步在中国之巅
阳光明媚
在晴朗的天空中，环顾四周
白云与鹤共舞

日头偏西

日头偏西，光线在默默迁移
日头偏西，时间回不到正午

日头偏西，一个人在影子中汲取回忆
日头偏西，一个人在额头上晾晒中年的荒凉

日头偏西，窗下的河流中间
露出了白色的空地——

日头偏西，高楼静默
仿佛肃穆的僧侣，无声地拖曳阴影的长袍

日头偏西，一缕倾斜的光线
栖息在孤独者的面孔上

双耳之窗

1

整个下午我都在雕刻
雕刻风，雕刻雨，雕刻我不可抑制的
战栗——雷声浮现
巨大的形体，巨大的沉默，横亘在你我之间
——我将雕刻它闪电的花边

2

沉默的花纹布满窗格，痛苦的
马匹在耳道里奔跑
录制蹄声的张望
在黑暗的甬道里，孤独的人
在默默谛听，词语的无言

3

我将会返回，从岩石里
从灯盏里，从落日里
从水滴的幻象里，返回最初的出发之地
——在谛听的窗户，在耳朵深处
闪耀着神圣言词的火焰

阅　读

我阅读你的身体，从空间到空间
从无到无，在一条隧道里，从幽深到幽深
四壁挂满了声音
仿佛归来的湿漉漉的船桨
它的颤动，它的滴沥，被我捕捉，被我倾听

我将抵达，一个内部的湖泊
每一次，胃部的蠕动，都是生命的嘘息
每一次，黏膜微小的叛变
都是命运的暗示
我得以窥探、领会、记录——
啊，秘密中的秘密
对于纷繁，我报以复眼的凝视
对于混乱，我赋予沉静的秩序

我在你内部，阅读你的身体
我用无数的影像叠加你，重建你，发现你
——一个完整的你、一个局部的你
你将认识你自己
从疼痛到疼痛、从隐秘到隐秘

你的损伤，你的疾病，都将一览无遗——

我的阅读从你开始，却不会因你而终止
我将创造你，让你成为另一个自己

夜宿清水

1

我没有宿在水里，我不是鱼
我不能在清水里睡眠——
清水荡漾，它喂养鱼类恬然的梦
梦闪烁，像细碎的银子

我收集着这些银子——
收集着大地细微的灵魂

2

我宿在山上，但我没有
宿在岩石之中——
岩石是荒野的旅馆
紧闭的房门苔藓缠绕，记忆是唯一的房客

我没有钥匙——
我只有一颗孤寂的心

3

今晚，我投宿清水，住在了

风的旅馆里——
有人穿着声音的衣裳，走来走去
我看到月亮在对面的山上，把脸贴住天堂

街道上空无一人——
寂静在显露自身

4
不，今夜我在这个小镇，我就是
住在水珠的旅馆里——
夜晚也如同清水，缓缓流动
泛起了奇异的泡沫，带走了世界的喧嚣

清水洗净我的身体——
我的灵魂一片空明

5
今夜我宿在山上，我是住在
云朵的旅馆里——
我住在高处，雾霭的飘带缭绕
我不敢说话，心存敬畏，也许我正与神为邻

我悄然打开窗户——
迎接几颗星星进来

廊　亭

廊亭飞檐是青色长墙的睫毛
它斑驳的廊柱，色彩在演习光阴
剩余的价值
它深陷的内部，就是步道的
眼睛，深邃的空无——
两张座椅：
朴素的等待，诚实的期许

它留白的部分，意味深长
一个小学生
书包斜放在旁边，他坐在那里
就是时间的一部分，就是最真实的
漆黑的瞳仁，滴溜溜地
转动着寂静

第三辑

大地之马

尧　鼓[1]

1

平原铺展如牛皮，辽远的牛皮：你以为鼓面
黄河、汾河、沁河，缠绕如带：你以为鼓身

你怀抱盆地和落日
以为心脏

2

鼓：天空俯身以降
鼓：大地挺身以承

中间的人子，负重而行
啜饮星辰和万物的露水

3

你旋转：十二个月份轮换，周而复始
时间开始了，但我们永远不能发现开始之处

---

① 尧鼓，即帝尧“敢谏鼓”，鼓在尧庙，直径 3.11 米，高 1.2 米，两面均是整张牛皮而著，被称为天下第一鼓。史载帝尧置“敢谏鼓”，广开言路，开张圣听。

时间浑融一体：过去即现在，现在即未来

4
一鼓如风：万物在大地翻身
二鼓如雨：麦子张开嘴唇

三鼓如露：颗粒收进大地粮仓
四鼓如霜：月白似雪，梅花绽香

哦，鼓声明亮，谁在浣洗白昼的衣裳
哦，鼓声深沉，赶路的人，骑着夜晚而行

5
它带来火、光与烟
带来迟缓的泪滴和迟疑的波澜

在井舍边，它带来允诺的黎明

6
擂鼓的人——

在胸腔里，他须以心跳为槌
则鼓必以血脉为声

在黑夜里，他须以闪电为槌

则鼓必以雷霆为声

在生活中，他须以草木为槌
则鼓必以河流为声

7
鼓声中有：
炊烟的味道，井水的味道
火焰的味道
泥土的味道，汗水咸涩的味道

鼓声中有：
鸡鸣正在冲破黎明的喉咙
牛羊正在驱赶暮色归栏
七星正在屋顶上舀取夜晚的寂静

8
他出来了，这个倾听的人

这个居在茅屋中的人，走下土阶
这个吃着粗米和稻饼的人，走下土阶
这个喝野菜汤的人，走下土阶
这个用土缸盛水，一饮而尽的人，走下土阶
这个穿葛藤布衣的人，走下土阶
他来到大地的中央，来到我们中间

9

他的身体里，河流荡漾

他满是粗茧的大手，抓起一把鼓声
向天空一扬：
鼓声散落为万千屋檐下的灯火

纸　马

1

一把剪刀，裁开白纸的肌肤。线条
沿着刀锋延伸
以伤害作为雕琢的艺术，以痛苦铸形
马头凸现，腹部曲线流畅
四肢劲健，马尾飘拂
一匹马在刀锋中诞生
白纸：白色的夜
纷纷掉落，在脚下堆积，薄薄的死亡
但马并未复活，它缺少一个词，作为灵魂

2

在一张纸上，马要复活
谁以一滴晶莹的泪水，作为马的眼睛？

3

纸马奔跑。马头，从深渊中升起
从利刃的边缘

从死亡的纸屑中升起，如同

一个词语从废弃的典籍中，破纸而出
它获取了自身，如同
衣衫褴褛的先知，向世界袒露
永不磨灭的箴言。但纸马的奔跑是虚幻的

它飘扬的长鬃如风，是虚幻的
它流畅的腰身，起伏如山峦，是虚幻的
它四蹄的击打如雨点，是虚幻的
虚幻如闪电，虚幻如雾
如雾中的景象，虚幻如虚幻本身

纸马奔跑，而它的蹄声不在此处
而在一个遥远的、空无的坟墓中响起

4

词语在纸面之上，犹如浪花在大海之上
而大海的力量穿透纸面
波动词语，让它们发出沉默之音
剪刀顺势前行，犹如舰艇，剪开波浪——
它可以剪碎词语，但无法消灭词语
如同烈火可以烧掉竹简、纸张
而真实，终会从灰烬之中升起

此时纸马在利刃上奔跑，它的蹄声
被劈为两半，纷披而下，叮叮当当，坠地为词

5

纸马在现实之中是虚幻的
在梦境之中是真实的。如同你醒来
不再是梦中自己。或者相反，是梦中自己
借用你存在的身体，生活在现实之中
你活着，无数的你也活着
你无从知道，哪一个更真实
如同无数的纸马，彼此成为自己

你死去，无数的自己无所归依，流落无处
自己成为自己的孤岛

6

纸马一旦奔驰，谁也无法阻拦
马头已冲出纸张
鬃毛啸风，词语纷纷飘散，如彗星掠过
它的杂沓有力的蹄声，已在纸张之外
它一步一个方格，通向
思想之外，虚无的世界之外
谁也无法拦住，奔跑的纸马
谁也无法拦住，词语之马
它唇边的缰绳，就是律法

当纸马奔跑，如风而去。缰绳笔直，就是
通向未来的道路，或者，时代的链条

7

高原之上，悬崖边缘，落日熔金
一匹马站立，高昂头颅，四蹄紧紧抓住
坚硬的岩石。风，是它的骑手
在马背上激荡、翻卷、摇晃，身姿飘忽不定
而它的脖子上，流出的汗，殷红如血

而纸马奔腾：它的蹄音无声无息，被
木材的纤维悄然吸附。我们无法看到它的奔走
在时间的线条中，在历史的册页里
在深处的深处，在幽暗之地
它流出的汗是黑色的
——真理之墨，黝黑而沉实

8

大地沉沉，月光跪下。一匹纸马
弃置于田野，它的整个身体，充满寂静

——它等待蹄声，把它唤醒

9

在寂灭的火光之中，在沉默的灰烬之中
它收集亡灵，作为它的骑手

在泪与笑之间，肉体太重，它无从负担
在生与死之间，灵魂太轻，它无从感知

它舍弃肉体，直取灵魂——

驮着无数的亡灵
在火光之中，它奔走在赴死的路上

10
在记忆之处，无从记忆
在遗忘之地，难以遗忘

11
它将死于火。纸马，对于火
有一种天生的恐惧。这是它古老的宿命
古老的诅咒，深刻于纤维深处
在火中，它的形体灰飞烟灭
但那以沉默的线条，勾勒出的，马的形状
仍然在火光中奔跑
快看啊，火与绝望，就跟在马尾之后
构成了一簇炸开的，全新的马尾

直至沉寂。——生命的全部，都是灰烬

12
如同小马，它涉过命运之河：
灰色的河流，暗黑的河流。亡灵失足落水
瞬间消失不见

它的痛苦无以言表。它看到了自己的
形体，在时间中慢慢融解：马蹄、四肢、肚腹
马尾、马头、马鬃，都在消失，都在背叛
肉体已不再忠诚
（在这个世界上，连自己本身，都难以依靠）
水声哗哗，已将它的蹄声稀释
它在死亡之中，看见了自己的死亡

13
它经过月亮。它用身体
裹住月亮
月亮成为它的新娘。悲伤的新娘

它经过闪电。它抽取闪电
作为肋骨
擂鼓的肋骨，万物齐鸣。天空顿时喑哑

14
你撕碎了我的马
留下了孤单的魂

蜗　牛

1

它在墙上出现。水泥的墙上
犹如过去的时光。
洗衣机在厨房轰响，水缸反复回旋
日常生活的漩涡。它不为所动
缓缓爬行，一条若隐若现的道路
无法看见。一抹夕光
打在墙上，呈现出灿烂的黄金
它曾在上面写下永恒的言辞
却消失不见，墙上空余一个句号

2

孤独是与生俱来的
壳。一旦触动
触角退缩。自我的灵魂
羞涩的灵魂
退守一隅。一种尺度
自成一个宇宙。多少年前
我在一个土坡上缓慢
爬行。一个孤独的少年，沉默

无人可以诉说，也不知要诉说什么
我在山冈上弓身坐着
暮色堆积在
我的身上，像一个暗色的壳

一个夜晚，星群在天上喧嚣
我在山冈上，把黑暗和孤独背在
身上，至今
无法放下

3
有一天，我在一个傍晚
在暮色中吃惊地发现，对面
一座坟墓在动
在缓缓地动
像一只蜗牛一样缓缓地动
墓碑上的荒草，像蜗牛的触角
向外探寻一般晃动
（死亡是上面细小的眼睛）
向我的面孔，打着招呼

我吃惊不小，在暮色中不能自已

4
蜗牛爬过。

一个公鸡高昂的头颅，被扭过
脖子弯曲，一团火焰
还在喉咙燃烧。一把刀子的闪电划过
一支红色的小箭，直射入
一只盛满清水的碗，瞬间泅散

一只嚎叫的猪，果断地
冲过菜地。最终被几个
乡间的壮劳力，捉回，缚在
早已卸下的门板上，摆在院坝里
粗壮地喘息，口中的白沫悬地

一只绵羊，把白云穿在身上
一块混迹大地的云朵
最终引人怀疑，它被悬挂在架上
人们用烈火烘烤
希望得到天上的消息

这个时刻，是严重的时刻。旗帜
在风暴的翻卷中回到自身
一只蜗牛爬过
像死亡，留下淡淡的痕迹

5

我突然想起一头母牛
痛苦的叫声：哞、哞；哞、哞

最终声音藏在一张晒干的，失去了血色的
皮中。在敲打中
突然从他的手指中，传出

痛苦的声音，即使肌肉也无
骨头也无，泪水也无，血液也无
甚至气息也无，灵魂也无，它也
永不消逝，永难消逝

6
我曾经聆听一只海螺，涛声
九曲回环，回荡不绝
——它囚禁了自由的波涛……

但我聆听蜗牛，却是毫无声息
背上的螺壳
宛如寂静的形状，宛如命运的形状
宛如沉船激起的漩涡的形状
我一无所闻

7
慢如挽歌，在送葬的队伍中
慢如悲泣，在泪水永远的滴落中
慢如绝望，在颜色的转变中
慢如文火，在药罐之下，在病痛之间
慢如灰烬，在火星的寂灭中

慢如黑夜，在黎明的到来之前
慢如还乡，在火车的飞速运转中
慢如愚笨，在充满睿智的时代之中
慢如时间，在不断的叠加之中
慢如恐惧，在螺壳的坚固中，一击而碎
慢如永恒，在虚无之中
慢如蜗牛，在生命的镜子中

8

它正爬行在白菜紧紧包裹的
叶片里，秘密地旅行
不会远游，寄身于窄小的空间里
一条简单的道路，指向中心
它的未来，指向过去
它的痛苦，指向爱
它的存在，指向循环往复的磨难
它饮着残露，小心翼翼地噬咬
我撕下一片菜叶
它的道路突然断裂，仿佛
一个人被异乡突然抖落
它从虚幻的、自足的世界突然掉入
现实坚硬的水泥地上

9

它或突然出现在日光灯下
等待盲目的命运

它或突然出现垃在圾桶的边沿
不以为耻，就如出现在这个时代的
边缘，一如缓慢地行走在速度的边缘
它或突然出现在墙壁上
空余螺壳，它的肉体不知去向
它或突然出现在地板上，带着
一颗执着的心，抗拒着
脚掌的压力。它随时会消失
死与生，爱与恨，近如蜗牛的
两只触角的距离

10
一棵白菜躺在菜板上，我
一刀挥下，菜叶分开
一只躲藏的蜗牛，切成两半
同时切下的，还有我的一小块手指
我的手指：曾经将它的螺壳捏碎
曾经将它从泥墙上摘下，扔向空中
让伸长脖子的鸡鸭一口
吞食；曾经划亮残暴的火焰，烧灼
它敏感的触角……而此时，我的血液
和它的血液，混合在一起
无辜者的血液和施暴者的血液
最终合二为一，无法分开

11

一种精致的存在。
它的触角，用痛苦装饰痛楚
用绝望装饰希望
它的腹足时隐时现
它依靠黏液而行，它用遗忘
消化过去。而它的未来依然成谜
它用无尽的困惑，消灭不惑
它的心脏若有若无，而它的意志
自制的坚持，让人无可奈何
它的沉睡是透明的，它在梦中做梦
它懂得如何自我宽慰

12

它背负着沉重的落日，走向
黑暗的地平线
迟疑的光线，交织、缠绕
一个圆环，不会滚动、不会旋转
一个童年的盟誓，被无名的火
烙印在背上；一个在风中无法打开的
命运的死结。它背负另一个自己
那是它要抵达的自己：它永难如愿
空中的雷霆追赶雷霆
它被自己追赶。它拥有一身抱负
却趋向于虚无。厌倦而疲惫
它缓慢地行走在永远的逃亡路上

黑蝴蝶

1

在阿依河畔，一群黑蝴蝶在前头翻飞
时间雪白的粉末，纷纷飘落

2

它们引领着我——
也许它们是庄周的蝴蝶，正在梦中飞翔
在它们中间
谁曾占有我的身体?

3

也许它们是纳博科夫的蝴蝶
在他眼睛中飞舞——那是眼泪之蝶[①]

他看到了小小的死亡

---

① 纳博科夫逝世前的一天，他的儿子德米特里·纳博科夫来医院看过他，看到了他湿润的眼眶。德米特里询问父亲为什么流泪，纳博科夫回答："一只蝴蝶在展翅飞舞。"

4

啊，“我的生命之光，我的欲念之火”
“我的罪恶，我的灵魂”
蝴蝶在飞舞——
也许它们来自另外的空间
来自遥远的时间之页——
在一个舌头的下边
它们都是一些迸溅的词语：洛、丽、塔①

5

也许它们是一小块的黑暗
在明亮中飞翔

在它们小小的翅翼
开合之间
有谁听见星群炸裂的声音？

6

蝴蝶停下来饮水

它们没有占用旁边的大河，只在
沙滩上的一个小水洼饮水
它们翩跹起舞，充满了无限的喜悦——

---

① 纳博科夫在《洛丽塔》的后记中写道：“我正是看到蝴蝶才获得了《洛丽塔》的创作灵感。”

对于全部的生命的渴意，也许
一个小小的水洼，已经足够

7
我仔细观察
它们翅膀上斑斓的条纹——
也许就是记忆，也许就是全部的愉悦

也许就是命运的迷宫：美而且迷乱

8
一只蝴蝶，在一条大河上飞翔

河流是一面流动的镜子
万物的面容，清晰而又模糊
它会看到自己的飞翔吗？河流中的蝴蝶
又会看到它的飞翔吗？

水中的飞翔，空中的飞翔
梦中的飞翔，空无的飞翔
都是真实的飞翔，都是不真实的飞翔
它们都是此刻的飞翔，都不是此刻的飞翔

——河水谦逊，将保存一切时间的证据

清江大佛[①]

他的目光是草木的目光
他的脸庞是草木与山石的脸庞
他垂下的双手，是巨大的岩壑之手
是光与影变幻之手

他宽阔的双袖，是藤蔓和树木
编织的葱郁之袖
——在那隐秘的疆域里
是飞鸟和群星的旋转

他站立岸边，脚趾流出一江清水
——这液态的经书
无须用手，它一页一页自动翻开
无须寻找读者，它只存在
无须朗诵，大地自己朗诵

他的膝下，万物平和
他壁立千仞
却有一颗，尘埃之心

---

① 清江边上的一座像佛像的大山。

大地之马

从遥远处到来的大地之马
在此饮水：

它的背脊是起伏的山岳
它的鬃毛是苍松、翠竹、灌木和野草
披覆着、闪烁着幽暗的光
它的眼睛透亮，倒映出无人之境
它的唇饮着——
长长的寂静和虚无

它的马蹄注满漩涡
它的鞍鞯——船
漂浮在清江之上，船中的我们——
被遗弃的，无用的骑手
在命运的河流上，将漂向何处？

井水谣

1

一滴水在鸣叫，一滴水在守住心跳
一滴水在打开井壁

一滴水晃荡，落下
犹如思考，激起黑暗的回声

2

一滴水在空旷的井中，就如一个人
在游人过后，空空的庭院里

他的孤单
就是一滴水的孤单

3

一滴水在井壁中独坐
它是否就是

黑暗中的王

4

一桶水被汲起来，它在晃动
古老的时光，一百年，一闪而过

它映出了你的面孔
啊，你成为自己久远的人

5

星星在黑夜里游泳
一滴水转身，成为另一滴水

如果你通过井道，那唯一的道路
你将在山下，成为另一个人

6

井水柔软的舌头卷动
大地的语言，无声而神秘

开端之开端，井在庭院中间显现
给尘世，带来一颗宁静的心

金沙短语

一只老虎，在一滴江水之中咆哮
一只苍鹰，在一块岩石之中凝固了飞翔的梦
一枚月亮，高悬在伤口之上
一条小船，斑驳、破旧，系在遗忘的渡口
一道闪电，被撕裂，被揉搓，被扭曲，被拦截
一粒脱口而出的词语，重若千钧——

苦难的黄金，抵抗着时间之沙

漫 游

1
我们穿着白色的睡袍
在大山包山顶上漫游

我们是精灵，溢出了睡眠的边缘
我们是天使，落入了词语的凡尘

我们是一群疯子，刚刚逃离了疯人院
那浓雾是建筑在半空中的疯人院

与我们相仿，还有另一群疯子
在空中漫步，把深渊指认为天堂

2
我们穿着白色的睡袍
在大山包山顶上漫游

大山包也穿着白色的睡袍
在大地上漫游

我们在漫游之中漫游，能否卸下心头的灰？
我们穿着睡袍中的睡袍，能否进入永恒的梦境？

我们是不是命运的睡袍上
那微不足道的小虱子？

3
我们穿着白色的睡袍
在大山包山顶上漫游

大雾仍在山下弥漫，遮蔽了所有的事物
让我们一无所见，仿佛世界消失了

我们走进大雾的中心，会遇见自己
白色的灵魂吗？
我们发现，我们走进了一件更大的睡袍里
它罩在虚空中，没有边际，没有由来，没有始终

4
与雾相对
一旦我们向前迈步，跨出自己的睡袍——

我们就跨出了自己的身体
成为疏离之雾、隔离之雾
惘然之雾、迷乱之雾

5

我们以手握雾，要用它建筑
一座空中的疯人院

——用来关闭那些飞来飞去，不羁的灵魂

壶口瀑布

我的心如壶口：

让你的马匹来撞击我吧，让你的
奔流之马，愤怒之马，咆哮之马，飞腾之马
决绝之马，惊骇之马，汹涌之马
一匹接一匹，摔下来，跌下来，砸下来
让它们在命中逐命，在痛中寻痛
在河流中打开河流

我的心如壶口：

让我的心来承接你吧，承接你
跌碎的马头、折断的马肢、破裂的马骨
飘散的马鬃，激流中四处冲撞的心跳
承接你一往无前的信念
承接你赴死的勇气
承接你的悲壮，你的毁灭，你的死亡
你全部的命运和苦难

我的心如壶口：

让我的心来容纳你吧，万马之马
万水之水。让你的雷鸣在我喑哑的胸腔轰鸣
让你的彩虹在我的血液中升起。让你的马匹重新
在我心中的壶口聚合吧
让马头成为马头，马尾成为马尾
让它们在死亡中复活，再一次
畅饮水珠中的太阳，转身
成为另外的水，另外的马，从我的身体里
奔涌而出

喂虎记

我喂给老虎九个灵魂，老虎
一口吞下。当它咆哮，九个灵魂
齐齐地一起咆哮。只有一个灵魂在外边
沉默不语
我喂给老虎以虚空，老虎
一口吞下，它的形体膨胀、膨胀
慢慢消失，虚幻的形体，充塞整个天地
让我们活在它的身体中
我喂给老虎以火，老虎
一口吞下，一团烈火，烧过它的头颅
眼睛、肝脏、肺腑
直到它自身成为火——虎火
当它纵身而过，森林燃起
熊熊大火。在焚烧中，森林依然存在
我喂给老虎以水，老虎
一口吞下，它与水相融，相互混合
不断地瘫软、降低、溶解
最后伏在大地上，像一张透明的虎皮
我拉来一个庞大的镜子
我喂给老虎以它自己，老虎

相对而立，面面相觑
它们逡巡、试探、小心翼翼
都想吃掉自己，但又无处下口
我喂给老虎以风，老虎
一口吞下，风穿过老虎的身体
老虎还是老虎，风还是风
老虎回头一咬，如同咬向自己的
尾巴，风闪身避过，冷冷而立
我喂给老虎以墨，老虎
一口吞下，它浑身变得漆黑
但词语，仍以墨的形式
流动在脉管里
隐藏在无边的黑暗中
我喂给老虎以死亡，老虎
拒绝就食。在浑圆的落日之下
它昂头，张开大口
报以一阵金黄的虎啸

暖虎记[1]

唯一的老虎，最后的老虎
强壮如风的老虎
凶猛如火的老虎，老虎一样的老虎
在神圣的河岸
死去，孤单地死去
它带着金黑色的条纹——金色痛苦
黑色的死亡，等距离地分割着它的身体
它缓缓地顺流而下。河水流动着死寂的悲伤
唯一的老虎孤独地死去

那个隐藏在芦苇中的神，头戴芦花
那个在河水中眺望的神，眼含黎明
发现了那只死亡的老虎
那只漂流在悲伤之上的老虎
冰冷的老虎
他将它拖上岸，含着砾石的痛苦
抚顺它的身体，抚平纷乱而打皱的皮毛
他用自己的身体，覆盖着它的身体

---

① 本诗取材于印度那伽人的传说。

他要用自己的体温，用自己的血液去温暖
这只老虎，这只死亡的老虎
他覆身其上，就像覆身在死亡之上

一年，风刮着，他温暖着老虎
二年，雨狠狠下着，他温暖着老虎
三年，雪下着，他温暖着老虎
十年，寒霜凝结成悲怆，他温暖着老虎
十年，他以发换发，以皮换皮
他以肉换肉
他以骨换骨，以血换血
他以自己的魂灵，置换它的魂灵
一只死亡的老虎，进入了他的身体
进入他张开的四肢……

十年后的第一天，万物生长
朝阳冉冉升起
芦花摇曳，河水鸣响
一只老虎醒来，十只老虎醒来
一百只老虎醒来
几百只老虎一同在他的身体里
醒来。一只老虎，从他的头颅里跃出
一只老虎从他的眼眶里跃出
一只老虎从他的腋下里跃出
一只老虎从他的胸脯里，从他肋骨里跃出
一只老虎从他的肚腹里跃出

一只老虎从他的关节里跃出……

——几百只新生的老虎
进入了平原、山岭、河流、峡谷、森林
自此，生生不息——

在老虎中间散步

我在老虎中间散步
那些老虎，散落在
山坡上，岩石边，草地上，阳光下
或者躺卧，或者蹲伏，或半仰起头
或者站立，或者走动
众多的老虎，它们目不斜视
或者顾盼有姿，就是
对我熟视无睹
它们有的细数身上闪电的斑纹
它们有的被自己身上的黄金
所惊动，而抬起头来
它们有的悠闲地走来走去，就像
穿着横纹睡衣的老人一样
我就在它们中间散步
不惊动它们，也不
与它们混为一谈
我的颜色并不比它们鲜艳
但我是站立的，我比它们要高
我的孤独，也因此格外醒目

牵着一头狮子回家

一天深夜里，我牵着一头狮子
走在回家的路上
街道阒寂，所有的人都纷纷掩门闭户
或沉入死寂的梦乡，或躲在
时间与现实的门缝里，胆怯地探望
他们看到：一个落魄的人
竟然牵着一个高傲的灵魂
那一匹狮子，晃动着鬃毛纷披的头颅
踏着松软的步伐，将足印烙印在
寂静之上。我停下，狮子就坐在地上
它雄健的身躯直立着，仰首向天
它的咆哮在云层之上
世界害怕，地平线退得远远的
仍抑制不住花岗岩的战栗
我牵着一匹狮子走过长长的街道
我斑驳的灵魂，一路掉落
我回到家里，把狮子留在子门外
留给广大的，看不见的世界……

一个红色的月亮，它把硕大的头颅
搁在我家的门槛上

地心之旅

——晶花洞探秘

1

远远地看到，在岩石的脸上
大地张开嘴巴
四周的树木、荆棘是它粗壮的胡髭
我们听不到它发出的声音
也许它一张口，声音就化为了
山间的白云、雾霭，巨大而无声
也许它的口中，内在的秘密
太过巨大，语言如石
鲠于喉咙，未敢吐露

我们必须进入大地的喉咙
才可面对、才可直视、才可见证
大地的语言

我们要在它的喉咙中
掏出语言！

2

我们躬身进入
在大地的喉咙中，匍匐前进

必须放下的身体
低眉俯首，保持敬畏
卑躬屈膝，保持虔诚
用手指跪行
才能触摸到大地的语言中
伟大的沉默

3

寻找语言的过程，就是
探险的过程
如同此时的行动
探寻、求索，自我冒险
在意义的幽隧，左冲右突
辨识、选择、自我纠正
在迷幻的歧路里，左顾右盼
考察、研究，自我辩驳
在事理的渊薮里，暂沉暂浮

有时我们寻找不到语言
是语言，寻找到我们
就如同此时，奇迹迎面而来
秘密不期而至

4

摸索前进，在线性的空间里
在最初的时刻
一无所有。在无中寻找有，在有中寻找无
一无所名。在有名中寻找无名
在无名中创建有名

随手触摸到的是粗糙的
粗粝的石头
粗糙的、粗粝的事物
原生的，原初的，并不优美——
它从不取悦于人！
本色的，本质的，却最锋利，最直接——
它割破我们的肌肤
进入血液，与我们的心灵交流

5

小说家、诗人、散文家走在同一条道路上
是语言将他们分辨、确认

洞穴连着洞穴，小说家
在迷宫中建造迷宫，天青石的穹顶
闪烁着迷乱的博尔赫斯之光
洞穴孕育洞穴，诗人
在歧路上创造歧路，蜘蛛网的道路
分叉着狂乱的兰波之发

洞穴生产洞穴，散文家
在缝隙之中开辟缝隙，无数的门中之门
开合着纷乱的纪德的窄门

我们行走，直至走入了自身

我们是自己的迷宫、自己的歧路、自己的缝隙
但自然与我们
那唯一的衔接点，可遇不可求

6
唯一的通道，仅可容身
只能佝偻着身体，独自通过
就如同我们在稿纸的行间
踽踽而行

在寻找语言的途中，你不可能
与他人同行

7
额上的灯光，柔软的灯光
烛照着方寸之地
光在前行。依靠这光
我们得以一步一步地移动

光，来自大脑的深壑

来自心灵的秘境
——审视之光，智识之光
唯有它，方可照亮语言的幽微

8

语言的秘境，唯有
通过险途，方可抵达

我们终于抵达了
大地的心脏，看到大地
内在之花——
岩石之花。坚硬之上的柔软
沉重之上的轻灵
秘密之花。幽暗之中的光华
隐匿之中的显现
语言之花。质朴之上的晶莹
素净之上的华彩

花蕊中的花蕊，奇迹中的奇迹！
秘密中的秘密，语言中的语言！

唯有以它的纯洁，洗礼我们的污秽
唯有以神的尺度，丈量我们的沉默

我们的灵魂躬身以礼！

9

我们循原路返回

只是——在语言的途中
可有返回之路？
从语言之中退回，我们的肉体已历经洗礼
我们的灵魂是否已获得完美的照护？

第四辑

时间之渊

荀　子

在我置身的黑夜浮现了对你的记忆
——聂鲁达

1
你也许在冰中等我，在寒冷中等我
等一个从水上来的人——

带来河流和敬仰

2
你在书写：以山脉与河流为简
大地承载着你的沉思

——你书写，以草木的手臂

3
在时间之中，我听到你的声音
金石的声音，充满早晨清澈的露珠

——你呼喊，以风的喉咙

4
在时间之外，你掌管星空的法则
监视着我们内心的大海——

让恶消弭，让善的浪花学习增殖

5
你不在此处：但四周充满了你的影子
在松柏的躯干里，在诚实的雕像里——

你仍以词语之手，抚慰我们的灵魂

6
你不在此时：但每一个时刻都有你
你在过去的过去，未来的未来

是你撞响了落日之钟，让我们听到明日之声

7
每一个时刻都有你，你在过去的未来里
你或将在——

我们的未来里发明我们的过去

8

你以终点作为起点，你的人生
漫长如历史，从未结束——

因为你总会在另一个时间里，重新开始

9

你的额角上，栖息着流云、飞鸟和星群
你沉静于万物——

以一颗虚空之心，照看亘古的大寂静

10

你也许在靛青里等我，等一个
从蓝墨水的下游来的人——

来承接你全部的恩典，与无上的荣光

王官谷怀司空图

落花无言，人淡如菊

——司空图

我在水声中怀念你。泠泠的水声
来自幽林之后的源头，来自
洁净的文字深处
我在变幻的水光中看见你：人淡如菊

一团变幻不定的影子，淡如旧时的伤痕
淡如一团若有若无的叹息
你衰老的身躯，已然盛放不下
一个日渐崩溃的帝国

悲、哀、伤、惋、辱，如奔流之水
不可收拾，在身体里冲突
投入远处那一地惨绿的
绝望的青草之中。世事倾颓

战乱，兵火，席卷而过，大风吹拂
林木随风弯曲，犹如命运之蹇涩

不可捉摸，不可言说
落花因此无语，残红零落无序

少而懒散，长而率性，老而迂腐
非济时之才，非济世之用。人生就如一场
失败的战争，你不断撤退，一直退到
山石的心中，退到一粒虚幻的水珠之中

你在胜日里呼朋引伴
在墓穴里饮酒
饮生与死的味道，你说：生死一致
其实我们的身体是另一座坟墓
我们也不过暂居在此

真正的快乐来源于
在窄小的庭院，骑鹅而行
犹如帝王，巡行于空虚的王国

正是惜春而春天已过的时节
我来到这里，带着一颗空无的心
在苍木、野草之中站立，在
一片泠泠的水声中
怀念你——

米芾醉书记

乱发蓬然，有如一颗苍然巨石
在燃烧的夕光中，在纷然的世事中
在尘封的历史中兀然而出
在清水中洗尘，在梦中做梦
在镜子中磨镜
在虚幻中寻求虚幻，现实在身外
（或许现实就是最大的虚幻），你握笔在手
慨然自望，谁是笔，谁是我？
一江如线，失事涛声，穿笔而过

起笔，点、横、撇
折、捺、钩，悬腕、沉肘、挥毫
大袖向风，人生转折。你饱蘸一泓晚霞
江山顿挫，笔意酣然
一腔淋漓的醉意，刷向纸面
风吹樯动，阵马狂奔
而你岿然不动
在黑中寻找白，在醉中寻找醒
在生的沉着中寻找死的快意
在死亡的快意中寻找永恒的大“道”

一条地平线在远方
随你的笔势而卷曲

在你之外，你是癫狂的
在你之内，你在混乱中重建
世界的秩序和法则
没有人能了解。你以石为兄
你以洁为癖，这是一种病症：
成为你一生的痼疾——
现实是一双别人穿过的鞋子
被你一再擦洗，直至磨穿
露出丑陋的面容

饱蘸岁月之墨，时间之墨
心灵之墨，混合着
心血、技艺、情感、记忆
宛如游龙，翩如惊鸿
精、气、神、韵都融在笔毫里
玲珑八面的写意
砧声送风，蟋蟀思鸣
宇宙若萍，浮于苍茫的夜色
多情如月，高挂南楼。在身体之外
人生浮于何处？
手臂挥处，醉意在笔下更浓了
落在纸面上的
是云、是光、是淡烟、是薄雾
是一团若隐若现，似是而非的生命之质

谒庞统祠

刚踏过门槛，一支箭破空而来
满地的词语铮铮嗡鸣

一支箭惊醒我的眼睛，辨认青铜之血
一支箭惊醒我的耳朵，听取牺牲之花

一支箭惊醒我的骨骼，致敬松柏千年的筋脉
一支箭惊醒我的血液，伴随凤凰起舞的节拍

凤兮凤兮，灿灿其羽
凤兮凤兮，晔晔其节

一支箭惊醒英雄，走在赴死的路上
一支箭惊醒马革，裹住勇毅的魂魄

一支箭惊醒烈士，丹心如铁
一支箭惊醒泪珠，慷慨如雪

凤兮凤兮，灼灼其华
凤兮凤兮，烈烈其血

一支箭破空而来，将死亡钉在历史的册页上
一地的词语哀鸣不已

闻一多治印记

你面对的不是黑夜，而是
石头：坚硬的石头，孤寂的石头
——无处下刀
你面对的不是纸张，而是
死水：绝望的死水，无边无际的死水
——无处下笔
你面对的不是饥饿、困苦，而是
一个时代厄运，历史深处的，时间的厄运
是一个人的，也是所有人的——

你在搏斗，你在反向用力
向死而生。笔画的转折处，溢出
一沟死水，弥漫，成为檐前悬挂的雨水
透着绝望，透着愤怒。而粉尘，向身体渗透
成为内心的死亡，你紧抿的双唇
不愿品咂，却依然尝到，一股腐臭的味道

运腕直下：你在昆明的街头
疾行。在人群中疾行，在雨水中疾行
头发中隐藏着火焰

一刀顿挫：留下深深的刻痕
隐藏着黎明的余烬
你在方寸之地，大声疾呼：
一颗子弹迎面飞来，击散了你的语言
罪恶的子弹，终将在时间里锈蚀
而真理的言辞，终将汇拢成
永恒的雷霆

你命如火，引燃红烛的焰芯
你命如电，插入乌云的锁眼

你在死亡中下刀，雕刻不朽的言辞

弗罗斯特与我

1
他一定在等我，一同前去牧场的
最深处，那儿有一处泉眼
被落叶覆盖，他拨开了落叶与枯枝
用苍老的双手掬起一捧泉水
让我啜饮，于是我埋首于他的掌中
轻轻饮水，我鼻孔的气息吹起细微的涟漪
他手中的水，一点点地从指缝里漏下
自我宁静的影子

2
黑夜、马匹、冰湖、辔铃
他站立在一座树林的面前，注视着
雪花飘飞；而我站在词语之外
隔着一页纸张，看到
一片雪花，落到他头发的深处
就如落入另一座森林
他注视的这座黝黑的森林，不是他的
也不是我的，虽然我拥有
这本诗集，但我也不能据为己有

在今夜，我们俩都不能入睡
都还要走很远的路，他得牵着
犹疑不定的马，沿着
雪花飘舞的道路，一直走下去
我得找一些清洁的词语
洗涤我的灵魂

3
他曾面对两条道路，犹豫不决
他最终踏上一条道路，却把
生命和梦幻，回忆和遗憾，全都交给了
另一条道路：内心永远萦回
永难忘记的道路
我也曾面对两条道路，但我同时踏行：
肉体奔向一条道路
精神奔向另一条。两条
完全不同的道路
都让我历尽沧桑，遍体鳞伤
而最后，它们都抵达了同一个
错误的终点

出峡记

——记明月峡

明月峡谷集驿道、栈道、纤道、公路、铁路、水道古今六道于一峡，被誉为“中国交通史博物馆”。

1

我正在穿过峡谷的洞箫
我要吹奏它：
吹奏它的岩石，它的流水，它的树木
它古老的睡眠笼罩的国度

风，风，时间聚集
猎猎吹拂：
凛冽如崖壁，激烈如湍流
它反向穿过我的身体
时间的利刃，把我的身体剥开，分成六份
让他们同时行走在六条道路上

2

最高的道路是没有道路，是空无、是寂灭
黄鹄、白鸟
翅翼切割着黑暗的空间
闪电的须络
缠绕着猿猴的悲鸣

最高的道路是没有道路
我把沉默的血液，存放在云朵之上
我把心跳
放置在群星之间

3

在另一条道路上，我与一场烈火竞跑
秦时的火焰，汉时的火焰
无名的火焰
席卷而过，焚烧栈道，焚烧藤蔓，焚烧峭壁
焚烧了这个下午。这个下午已成灰烬

——无数的灵魂，在火中尖叫
我遍体鳞伤
接不住他们苦难的词语

4

河流、河流，煮沸的河流
煮沸的汗和泪，落了又落

河流，河流，在我弓伏的躯体上奔跑
骨缝里枯松倒挂，如同倒悬的命运

河流，河流，我的脚下
透明的深渊
承接人世的死亡和绝望

相反的道路，相反的行走
我的肩胛骨
紧紧咬住纤绳——

我要拉动一条大江，背道而驰

5
大江沉静，万物在他的怀抱里安静下来
暮色集聚
舷边的木桨悬挂，湿漉漉的星辰

这条道路，通向黑夜的心脏
船（忧愁是它唯一的乘客），就像一滴泪挤出
峡谷苦涩的眼眶里

6
一辆货车，从群山之中驶出

一道凹陷的光，分开黑暗的波涛
一群迷乱如萤的斑点，在飞舞，在等待风的口袋
一只孤独的雨刮器
疲惫地左右摇摆，清扫着玻璃上的暮色
一面反光镜，晃动着扭曲的、不断被抛弃的世界

——驾驶室空无一人
时间的双手紧握，盲目的方向盘

7
它在暗中进行，穿过了群山之心

白昼与黑夜不断交替
一生如一瞬
藤蔓装饰暗影，在岩石的窗口上
我不断地变幻着面孔
我也不断丢失自己（却找不到地方，挂失自己）
当我走出火车站
我已历经沧桑，面容苍老，所剩无几

8
最后的路是内心之路，我如何穿过自身？
最低的路是尘埃之路，我能否与蚂蚁同行？

我分散了自己（六个自己）
却无法集合他们

我要以勺舀水，浇灌那六个干燥的灵魂

转首回望，只见远处，星辰的斗勺，凌空高悬

玻璃的哭泣

——悼友人

1

清晨的露珠沾在玻璃上
昨夜的露珠
死亡的露珠
像晶莹的泪水挂在脸上——玻璃在哭泣
它在哀悼那个刚刚从玻璃上
起身离去的人

2

玻璃的眼睛在哪里？
在嘶叫的风中，在飘零的雨中
在青草的摇曳中——它的旁边刚刚垒起新坟
玻璃的眼睛是看不见的
在深深的心里——
只有玻璃碎了——痛苦裂开了缝隙
你看见，它的眼睛，绝望地一闪

3

那个人身怀玻璃

行走人间，他眼中有玻璃
流出的泪水——玻璃的碎渣
他的膝盖里有玻璃，每一次对生活的屈膝
都会有一块玻璃碎裂，带来难言的刺痛
他的心中有玻璃，因为纯洁
因为易碎，世界就一再给他伤害
（现在我们打开他的心，因为破碎得太多
再也无法将它拼贴完整）

玻璃是他的命
他说：我已经活得足够长久

4
那个起身离去的人
在摇曳的风之巅，变成了风的一部分

那个起身离去的人
在飞扬的纸幡之间，隐藏了他的面孔

那个起身离去的人
在摔碎的泪珠里，捡拾自己的影子

那个起身离去的人
在火焰之间，找到寂灭

那个起身离去的人

在土地和青草之间，找到归宿

那个起身离去的人
在清晨的玻璃上，留下了他自己

5
那个倚着玻璃哭泣的人
慢慢地，他融入玻璃

先是他的面孔，然后是他的头颅
（我们看到一个失去头颅的人）

接着是他的双肩，那因悲伤而耸动的双肩
（悲伤也融入了玻璃？）

接着是他的胸脯，那已经盛放不下痛苦的胸脯
（啊，痛苦已经被挤碎）

接着是他的肚腹，那内含愁肠百结的肚腹
（没有起始没有结束的空间）

接着是他的双腿，迈不开脚步的双腿
（没有出发却已抵达终点）

他消失不见了，与玻璃融为一体
只有眼泪留在了外面

于是我们看到了一行泪水——
我们以为：玻璃在哭泣

6
他是一个满世界寻找玻璃的人

他找到河流，流水就是他的玻璃
他找到天空，云朵就是他的玻璃

他找到爱，爱无言
把沉默当成了玻璃

他找到美，美哭泣
把悲伤当成了玻璃

7
把玻璃还原成水，谁是与他共饮的人

把玻璃还原成火，谁是与他一道起身浴火的人

把玻璃还原成石，谁是与他同囚在石头中心的人

呵，爱人！

8
我们全都在等待
在空空的庭院里，在水的眼睛里

在燃烧成灰烬的焦急里
在风的喉咙里，在听诊器的缄默里

——痛苦回来了，带来了哭泣的双肩

9
你走了，玻璃的哭泣已经无用

你忍耐过难以忍耐的
你坚守过曾经坚守的

你走了，玻璃的哭泣已经无用

你放弃了不曾放弃的
你松开了未曾松开的

你走了，玻璃的哭泣已经无用

你哀悼过破碎的玻璃
玻璃也哀悼逝去的你

你走了，玻璃的哭泣已经无用

10

我们用玻璃和木条
把你留在这里。给你椅子，让你端坐
仿佛你真的在那里。给你麻将
让我们围坐在一起，但谁也不会打出第一张
因为没有开始，就永远没有结束

给你笔，让你写下最好的诗篇
给你纸，一卷无穷无尽的纸
一卷周而复始的纸
因为只有这样，你的书写才永不终止

给你死亡的契约，我们却把它
印在玻璃上，再给你没有墨水的签字笔
让你签名，我们远远地看着你
无限心酸地看着你，像个幼儿园的孩子
反复地涂写，却始终无法写清……

这样你就留在这里，和我们在一起
但你的灵魂却在——
遥远的河岸
孤独的河岸

蹲在那里，无声地哭泣

11
用什么来收留你的灵魂

你沉郁的灵魂，你轻盈的灵魂
你晶莹剔透的灵魂，你锈迹斑斑的灵魂
你完美如初的灵魂，甜蜜的灵魂
你千疮百孔的灵魂，苦涩的灵魂
你驳杂的灵魂
你坚硬的灵魂，你柔软的灵魂
你单纯的灵魂，你高贵而普通的灵魂

玻璃裂开，你的灵魂葬在了它小小的缝隙里

12
你蜷曲着，依然屈从了尘世
给你的委屈和愤怒

短暂的命运，装不下你修长的身体

怀想那个刻钢板的人

怀想那个一直在灯影中生活的人
就是他——
从灯芯中救出灯蛾
从灯盏的唇边，救出灯神的人

怀想那个在黑暗中躬身的人
就是他——
面对遥远的星辰
面对伟大的事物，保持了足够的敬意

怀想那个在黑夜的蜡纸上刻字的人
就是他——
抽取自己的脊柱为笔
那命定的铁，坚硬的铁，刺穿了黑夜

怀想那个以黎明做书案的人
就是他——
用公鸡的啼鸣书写
用第一缕光线，在清晨的幕布上书写

怀想那个一直在时间中刻写钢板的人
就是他——
用全部生命浇铸精神的痛楚
力透纸背，在钢铁上留下命运深深的划痕

踏　火

木柴在堆积，火在降落
生命在飞翔

——题记

一块一块的木头垒起
粗糙的岁月；铜枝铁杆里呈现
坚韧和历经沧桑的命运
一双一双手举起来，大海的手指
沾着明亮的水滴
咸涩的夜色和晶莹的盐滴

一双一双大脚在舞蹈
原初的音乐，来自大地的中心
最深沉的，最深厚的力
沿着足底上升
在身体中游走，在舞动中喷薄而出
一根一根的竹竿在聚拢，分开
在交击、在撞响
在空空中传达，永恒的声响

再不用在痛苦的纹线中辨认彼此的脸
再不用在火光中残存晦暗的气息
火哟，燃烧的火——
燃烧的火焰，来自熄灭的灰烬
生命的尊严，来自克服死亡的恐惧

木柴在堆积，火在降落
生命在飞翔
让我们彼此从唇边，摘取火焰
让我们抬着神像，抬着古老的面容
踏火而过，踏火而过……

饮　水

在栀子花下，清清的泉水
来自白日的梦境
我们俯身，轻轻地掬起一捧
那白日的梦幻，我们不能贪求

只能啜饮一小口，仅仅一小口，就足以
让我们身体，泛出异样的光泽
足以让我们向神灵靠近
而更多的梦幻
从我们的指缝中，一点一滴地回归大地
流向更加久远的未来

清清的泉水，来自白日的梦境
我们的双手浸入水中，浸入它的明净之中
我们触摸到古老的历史
古老的根
在岁月的深处，轻微地颤动

清清的泉水，来自白日的梦境
我们掬起一捧
我们的面孔，映入古老的影像中
瞬间，我们就成为我们自己的祖先

罗江夜月

波浪是静的：

静如远寺里深夜的晨钟
静如黎明到来时的暮鼓

波纹是细的：

细如蝙蝠耳中的夜色
细如林梢之间的晚风

此时应该有月亮
有月亮的夜晚是适合的：

这安静细密的波纹
是用一丝一丝的月光织成的

我没有听到织机的声音
那神秘的纺织之手在哪里？

那纺织宁静之手

那纺织万物命运之手

我看到明月高挂
带来允诺的白银

第五辑

词语之夜

返回之夜

车子在疾驰，冰碴在车轮下碎裂
仿佛时间小小的崩坼
一颗巨大的星星，悬挂高处——
在浓烈的黑暗子宫里，照亮了遥远的孤寂

蛙鸣之夜

蛙鸣盛大

楼群在咕噜噜地生长，在暗夜里
蛙鸣越急，楼群就生长越快
仿佛蛙鸣是一种激素，一种孤独的生长素
浇灌楼群。楼群疯长，它已经失去控制——
即将到达虚空

而楼群里的人们还在酣睡！

悲伤之夜

夜在悲伤

拿几颗明亮的星星，不足以安慰
拿一轮饱满的月，不足以安慰
拿一件散发芳香的，花的外衣，不足以安慰
拿一条柔情的，风的围巾，不足以安慰
拿一粒白雪的灵魂，不足以安慰

万千人拿出
孤绝的心，不足以安慰！——

琥珀之夜

夜在哭泣
滴泪成石

把我们所有的人，凝固其中
成为永恒的悲伤

漆黑之夜

我从松林中出来
夜色如漆
这刚刚刷上的新漆：清新，潮湿
它独有的酸香，混合青草
泥土、湖水、松木的味道。我渴望呼吸——

夜的味道

疾驰之夜

夜晚在疾驰——
一辆沉重的卡车，碾过泥泞的尘世

无数的泥点——
我们备受蹂躏的身体
溅起，飞离夜的边缘，抛向

黎明陡峭的崖壁……

词语之夜

1
在这个夜晚，词语纷至沓来——

坚硬的，如同金石，坠落在地上
叮当有声；流动的，就像水滴，四散而去
有翅膀的
像飞蛾
围绕着灯盏飞翔
无翅膀的，像笨熊，蹒跚而行——

有些词语无从触摸
有些词语真实可感

而留在纸上的，全是词语的死尸

2
有些词语，死过一次
而在桌子上正襟危坐的人
庄严地，拿起笔

让词语，再死一次

3

词语要复活，谁也没法阻止

它将在遗忘之川复活
在死亡之谷复活，在烈火之岸复活
在刀尖之上复活，在血液中复活
在黑暗之中
在无语之处复活

4

这个夜晚由词语构成

词语的星星，构成天的穹顶
而最高最亮的一颗
指引着
无常的命运

5

在这个夜晚，一个词语爱上
另一个词语，它们仍然会在彼此之间——

留下神秘的空隙

6

在这个夜晚，一个词语憎恨
另一个词语，但它们仍然相处融洽

笔画与笔画
在虚空中握手——

令经过夜晚的人，暗自心惊

7

一个词语就是一个夜晚，缩小的夜晚
缩小的世界、缩小的幻象、缩小的意图
暗藏在词语的内部
这个夜晚，包含无数个夜晚

这个夜晚有无数的分身
一个夜晚转注成另一个夜晚
一个夜晚假借了
另一个夜晚的面具，一个夜晚
引申成为新的夜晚
就像词语
不停分化、繁衍，生生不息

8

词语中心的黑暗
才是最大的黑暗——

它是夜晚的中心

9

一个人，无论多么辉煌
无论他怎样践踏、戕害、毁灭词语
一个人，无论多么卑微
无论他怎样赞誉、讨好、膜拜词语
在这个夜晚，词语不为所动
将会对他们作出
最终的宣判

10

这个夜晚，因词语而清晰
因词语而混沌

这个夜晚，因词语而得以确证
因词语而游移不定

这个夜晚，词语构成了它的正面
也构成了它的反面

这个夜晚，万物的本质被词语结构
也同时被词语解构

这个夜晚，词语泛着
灵魂的光芒……

山中之夜

草亭下躺着的那人
睫毛之上——卧着一滴清露

小雪之夜

1
精致的碎片，彼此模仿，琐屑的时光
纷纷扬扬，密不透风
落地即融，仿佛它们并不存在

我在黑暗之中辨别事物
事物模糊。方形的直觉，圆形的思想
一无用处。我和非我，在暗中独坐
在我之外，只有它——

以黑暗为纸，以白为墨
粉刷和涂抹——
它挥舞空无的刷子，题写虚幻之词

2
气流喷射，寒意穿过重重的衣服
像一只小野兽，在骨骼的缝隙里
探出头来
鬼鬼祟祟地窥视
生命的孤寂——

3

狐疑、犹疑、迟疑、怀疑
碎片显示出胆怯
它对自己的完整性失去信心

碎片反对整体。整体是巨大的
无从捉摸，无从把握
整体是空，是虚无，是一场
漫天飞舞的雪
它的庞大足够令人绝望——

碎片中的碎片，个体中的个体
它从无中生成自己
又在生成中消融
直至无声无息，无影无踪
与黑暗融为一体，成为不可感知的点

然而，正是碎片，构成了整体

4

碎片反对碎片，一片
雪花否定另一片雪片

否定之中的否定，何来肯定？
失败之中的失败，何来成功？

纠缠、对抗
煎熬、不离不分

一片雪花，与另一片雪花
相互陷落，耗尽一生

5
每一片雪花都是相似的
却是完全不同的
它在空中分化、衍生、无性繁殖
创造不同的自己

每一片都是不同的：差异中的差异
每一片都是落后的：落后之后的落后
它不支配，也不统治
它不言说，也不沉默

需要用灵魂的凝视，才可辨别
需要用巨大的勇气，才可承认！

6
一个人独坐，独坐成深渊
独坐成他者
独坐成自己的陌生人

一个人独坐成一片雪花，一个夜晚
终将在黑暗中，默默消失

7
白天的碎裂：
一片片，俯拾皆是
碎裂成遗忘，覆盖死者的面孔
碎裂成悲伤，袅绕在嘶哑的喉咙

黑与白对峙，白一败涂地
白昼的殓衣：破碎的，散乱的
谁也无法将它聚拢
拼凑成完整的
毫无生气的，漏洞百出的白昼，犹如生活

过去穿过它进入未来——

8
碎片是盲目的

无本质，无现象。无存在，无不存在

它不在，又无处不在
它完整，它无处完整

它的道路，没有规定，没有预设

它没有起点：也许是零
它出发，也许是一，这似是而非的路线
确切地说，不知道终点在哪里
另外的零，也许是相同的零，循环往复——
一如我们的命运

只有庞大的夜晚，无差别地
容纳了它们全部

9
陡峭的夜晚
疲惫的生活

雪花与我
互换了身体

10
深渊中的深渊，不可凝视
解体中的解体，不可聚集

每一片雪花都是一个夜晚
每一个夜晚都是漫无边际

11
无穷的蝴蝶，有限的飞翔
在草尖、在树枝、在屋顶，它的飞翔终止

在合拢的掌心：它消逝——
温暖是有害的，对于孤寂的生命

它的翅膀折叠在时光中

12

也许我写下的词，就是雪
消失在纸张深处

白色消解白色：一种白色的神话
诞生在消失之处
贫瘠涂抹贫瘠：贫穷的灵魂
喂养着虚弱的世界

13

凝视今晚的人，褐色的灵魂，已经破碎
凝视此时的人，金黄色的灵魂，已经破碎
凝视此刻的人，茶色的灵魂，已经破碎
凝视雪的人，白色的灵魂，已经破碎

他的灵魂碎裂成雪花
在每一个空无里

因为对天空和大地的了解
他的悲哀才有充分的力量

第六辑

生活之灯

火车站

火车站，一个巨大的子宫
容纳了那么多的离别和痛苦
容纳了那么多的
泪水和欢欣。人声鼎沸，汽笛轰鸣
落日下沉，天空高远
亿万年的时光在楼群上
闪着微光。而在下面
一列火车，像一段撕裂的脐带
就要离开站台。我扛着我的身体
从火车站口出来，面对生活
我再次诞生，不是通过母亲
衰老的身体
而是通过巨大的，嘈杂的火车站

家　谱

我的手指抚摸着
这些家谱上的名字：
德高、德全、义友、义仁、全伯……
抚摸着这些名字
我仿佛抚摸着他们乱蓬蓬的头发
藏着土屑、稻草、烟火的皮肤
抚摸他们沧桑而皲裂的面容
沉默不语的嘴巴
抚摸着他们经历的苦难、艰辛
和微不足道的忧伤
和他们一生中难以更改的命运
我抚摸着这些和我血脉相连的名字
他们在我的手指下，一个个细小如蚁
安静、从容、平淡
看到他们，在我的手指边
一一滑落出来
仿佛是我的手指
诞生了他们——我的亲人

翻着这本书，就这样
我的手指诞生出一个庞大的家族

我感觉到，我的手指有着
临盆的巨大痛楚……

搬家的人

我带来绳索、杠子和铁锹

我把家搬在了我的身上
连同黑黢黢的光阴，连同远逝者的目光
连同满月之下的，充盈的怀乡病

我是把家搬上肩头的人
在怔忡之间，心头一阵空茫

在苍茫的暮色里
我不知道应该把家，放在何处？

一个死去的朋友

一个死去的朋友，回到我的身体中

我相信了他的回来，在白天
在午夜，他零零散散地回来
一件一件地回来，一声不吭地回来
最终在我的身体，集合了他
全部的零件：他的泪，他的血
他的声音，他的头颅，他的无法转动
的眼睛，他无力飞翔的手臂
他的两条走上不同方向的腿——
一声急刹车，曾将他们分散

他的努力没有白费，我看见他此时
正坐在我的身体里，把打成死结的
最后的一声惊呼，企图用手
慢慢打开，再送回喉咙里。他
甚至把那高等级公路上，流失的
疼痛也一点一点地收回，存放在
我的身体里，像一枚结石
我知道，这一切布置停当，会有

一辆沉重的卡车，开进我的身体——
一场车祸，重新开始
他利用我的身体，再一次死去

一个朋友

咳嗽者

咳嗽的声音不能将他带走
——一个站在黑夜边缘的咳嗽者
一个风中饥饿的谷仓
一个身在故乡的异乡人，在黑暗里

黑暗在落，黑暗已经整整落了一夜
数着指头的人不知去向
但黑暗仍不能将他掩盖——
他是一根孤独的刺，钉在黑夜的肺里

钉在五点三十分时间，在清晨之辰
星在隐没，月亮在潜行
咳嗽者依然在用声音反复地
擦洗自己的身体

擦洗过去的岁月，雨中腐烂的
灵魂，在一个雾气弥漫的凌晨
他一长串的咳嗽，更像一列震响的
火车，刚刚驶离身体

满载的火车：一个晶莹的童年
一场初夏的清香，一个未来得及消散的叹息
一张疲惫的脸，在站台——咳嗽的间歇
不断老去，老去——

仍然有漂泊的人日夜兼程
仍然有肉体压抑不住的惊呼
仍然有疼痛向黑夜深入
仍然有咳嗽从孤独的背后升起

——一个人站在黑夜的边缘，世界的边缘

雨中的话亭

大雨瓢泼
一周前的一个午夜，我独自
经过寂静无人的街道

我听到细细的哭声，在雨夜
哭声抓住了我的心

是雨中的电话亭！在哭泣

它的声音，很轻很微弱
夹杂在庞大的雨声里，但那独有的痛苦
仍能使我分辨出，那是哭声

这是午夜，一个电话亭泪水滂沱
蹲在路边哭泣

我呆住了。我没能上前去安慰它
我也不知道该怎样去安慰它

我很想去抓起它的手，但

我不知道话亭的爱和忧伤是什么

我只知道，雨中哭泣的话亭
同我一样孤单，同我一样凄惶

电线上的雨水

雨水初歇，当我抬头
看见一群雨水的儿童，背着绿色邮件
在电线上奔走不息
那些快乐的、希望的、梦想的文字
带着一个人的心跳和体温
那些恐惧的、悲伤的、疼痛的文字
带着一个人生命和心灵的碎片
那些青春，那些祝福，那些厌倦、焦虑
在运送途中，不停地压迫着
粗壮的电线，而他们小小
的身体，却要平衡它们

他们的身体，闪闪发亮
晶莹欲滴，我有些担心他们
会承受不了邮件的重量，而坠落在地
失去一个人最重要的信息，因而
我站在这里，抬头注视他们
消耗着黄昏时分，直到
我的身体，布满暮色的尘埃

我的灵魂，没有一个邮件，带给他们

蝴 蝶

从童年的阅读中飞出
两只蝴蝶，连环画的书页
构成它们扇动的翅膀

它曾使我小小的心灵
充满泪水，我知道它们的飞翔
十分凝重，仿佛背负着千钧压力
越过苍茫的时光
它们来自遥远的时代
一只叫梁山伯，一只叫祝英台
它们栖身于一座古老的坟墓

多少年过去了，我在异地看见它们
在春光中一飞而过
我禁不住在心头惊呼：

“看啊，两座飞翔的坟墓
一座叫爱，一座叫死”

声控灯

1

它是我们楼道的
看护人。它控制着一小块黑暗
控制着一条巷道的深度。它站在
墙上，俯视着我们，有着深刻的目光
它居高临下，看着我们在油腻的木桌
盐袋、泡菜缸、气灶之间奔波，用
锅铲的牙齿咬铁锅的唇。液化罐怀抱雷霆
默不作声（那是我们另外的身体）
我们任何微小的震动
都让它心惊。它眨动眼睛——
明暗变换，就像一场生与死的短暂较量
一场并不漫长的谈话，而中间
仅仅镶嵌着一部分
细细的时间，我们的生命
就在其中，不断消耗

2

而它的身体，受控制于声音
而声音的诞生和消逝，受控于

一双手的拍打，一只脚的跺击，但
声音不会疼痛，疼痛的是
那个身体。那个人站在道口
他需要找到生活尽头，居留的家
此时，他站在拐角，站在声控灯的
下面，站在长长的黑暗面前
他拍掌，他跺脚——严重的是
他拍散了手骨
他跺碎了脚跟，而声控灯
置若罔闻，毫无反应

夜已经很深了，我看见，那比黑暗还要
漆黑的身影，还站在那里

整个世界，都回响着那孤寂的
执着而绝望的响声

与天空拔河的人

在大雨之中
空旷的野地里
一个站立的人、一个孤独的人
一个只身出走的人
在与天空拔河。他拉起万千条雨水的绳索
拔河，以唯一的生命，以一颗
在大雨中等待淋湿的灵魂
与天空拔河——每一根雨水的绳索
仿佛就要断掉，但始终没有断掉
(他也许没有想过，一旦雨丝断掉，天空
是否会急速退去，消失不见
而自己是否也会不断地倒退，退入
大地的深处?)
他与天空拔河，脚钉在地上
他与乌云拔河，与闪电拔河，与雷霆拔河
他与天空的空——拔河
他面对的是庞大而虚无的天空
就像我们与命运拔河一样
拔河，只身一人的拔河
青草、岩石、山峦、坡地

都不能帮助他，都紧紧地为他攥紧了拳头
拔河，是他一个人的战争，一个人的拔河
也许他会耗尽汗水、泪水、血水
与天空拔河，多么悲壮而无奈
一个人在野地里，与天空拔河，他挽起
万千条雨水的绳索，拔河，他坚持了这样久
天空也没有将他拉动半分
一个在雨水中与天空拔河的人，就像
一滴泪水，在大地的脸庞上，在与
黎明的眼眶拔河
在大雨之中，他仍然站立不动
我们看到他渺小、细微的力量
将雨水的绳索，拉得笔直

蚂蚁之死

一只蚂蚁死了。也许是年老的蚂蚁
也许是年轻的蚂蚁
一只蚂蚁死了。它们用触觉传达
这悲伤的信息，它们的敲打
三长两短，这死亡的消息迅速地在
大地上传播：一只肩扛一粒白灿灿的
饭粒的蚂蚁陡然怔住，然后
丢下饭粒，急匆匆地走了，我
追不上它的脚步
一只蚂蚁死了。一队“嘿着嘿着”抬着
大青虫的蚂蚁，丢下了大青虫
它们要去寻找一块木板，或者一根
麦管，抬回去作为棺材
这是它们唯一能为死去蚂蚁做的
一只蚂蚁死了，另一只正要到远处的枝条
打工的蚂蚁，沿路折回
它要赶回去参加葬礼
一只蚂蚁死了，另一只正焦急地
站在一条细小的大河旁，等待一根
枯枝的竹筏，或一片叶子的渡船

它不时地跺着脚，我能
感觉到这声音中的焦急。但我
不敢落下泪水，我害怕
淹死这只回程的蚂蚁。一只蚂蚁
死了，另一只蚂蚁在异乡，孤独地
抱着自己的头颅，蹲在地上
落下辛酸的泪水
它的影子，被一张树叶的阴影
轻轻覆盖。一只蚂蚁死了
这消息在空气中传播
我看到，夕阳缓缓垂下眼帘
大地微微地倾斜

归　来

房间突然涌起，寂寞的雨意

潮湿的气息，温润的气息
在黄昏里弥漫
庭院的青草上有着落日的气息
有人归来，门环响动
悬挂雨衣的钉子，在战栗
它的战栗一直传到
墙壁的深处，古老的时间深处

门开了，归来的人
站在阶前
一滴雨水，嵌在他的肩胛骨

你的手指下着雨

在暮色里，我看见你的手指
在下雨，下雨
在时光的另一头，在一个暮色里
你的手指在下雨
沉默是词语，像雨珠滚落进
时间的缝隙
我看到你的手指在下雨
雷声，将伤痛一层层包裹，闪电
像爱在蜿蜒。你即将离去
你的手指下着雨：死亡、孤独、寂寥
都一点一点地流逝，在雨水中
它们铁灰的颜色闪耀
在通往坟墓的道路上
我看到你。一场雨水从你的
手指，下到我的手指上
我看到你悲戚的面容，皱纹上
悬挂的雨珠闪亮。我看到
你的手指下着雨，绝望的十指
不停地下着雨。雨声
将四周洗亮：窗棂，阶沿，青草

一场雨水，向我呈现出
往昔的力量。雨水将时间洗亮

你的手指，下着雨

缓慢地爱

我要缓慢地爱，我的爱人
当我坐在这个屋子里
我要缓慢地爱着这傍晚的夕光
从窗前移到窗台。我要缓慢地爱着
这些时间。我要把一小时换成
六十分，把一分换成六十秒
我要一秒一秒地爱你
就像我热爱你的头发，我也是
一根一根地爱，把它们
一根一根地从青丝爱成白发
而其他的人只会觉得，一瞬间
飞雪就落满了你的头颅
就像我在你的眼角，热爱你的鱼尾纹
我也用六十年的光阴，一丝一丝地
热爱。就像我们并排而坐
我们中间有零点五米的距离
我就会把它分成五百毫米，一毫米
一毫米地热爱。仿佛永远没有尽头
就像在艰苦的日子里，我爱你的泪水

我也是一滴、一滴地热爱……

在我缓慢的爱中，我飞快地
度过了一生